問題終結者黑喵

④ 在雪橇場奔跑吧！

洪旼靜／文　金哉希／圖　賴毓棻／譯

目次

橡實雪橇場
使用券
入場

請讓我暖一暖身體

寒冷的冬風正在黑漆漆的雪橇場內呼嘯著。白天人山人海的雪橇場，現在蓋上了雪白的棉被，安靜的睡著了。那些雪橇就像是枕頭一樣，被整齊的堆放在某個角落。

在雪橇場的入口處，有一間小小的辦公室，因為保全叔叔必須工作到很晚，裡面的燈還亮著。他望著窗外，嘆了一口氣。

「唉，得再多下一點雪，才適合搭雪橇啊……現在越來越難見到雪了，真是不妙呢。」

這時，他聽見了「叩叩」的敲門聲。

「這麼晚了會是誰啊？」一打開門，刺骨的寒風就咻的灌入辦公室。

「哎唷，好冷。」保全叔叔開了門卻不見人影，以為是自己聽錯了，所以正準備關上門。

這時下方有個聲音邊喘著氣邊喊著：「呼呼，請等一下。」

他低頭一看，發現有一隻黑貓站在門邊。原來是因為外面天色太暗，所以才看不太清楚。這隻貓拖著一個和牠身體一樣大的行李箱，突然走進辦公室。牠甚至將行李箱立在門邊，直接在暖爐旁坐了下來。

「呼，好溫暖喔。請讓我稍微暖一暖身體吧。」

保全叔叔嚇了一大跳，不可置信的盯著那隻貓。他接著眨了眨眼，立刻回過神來告訴牠：「這裡是人們搭乘雪橇的地方，貓咪可不能隨便進來。」

請等一下。
CAT

保全叔叔朝著門外點了點頭，示意貓咪趕快出去。他以為只要這麼做，貓咪就會看懂他的臉色乖乖離開呢。沒想到貓咪卻抬起頭來這麼說：「雪橇場那麼空曠，而且現在又是晚上。」

貓咪從行李箱裡拿出自己的被子鋪在暖爐邊，連眼罩和耳塞都準備好了呢。

原本只說要稍微暖一暖身體而已，現在看來牠像是要在這裡睡上一晚，不，是好幾晚才走的樣子。

「我的名字叫做黑喵。我原本是不隨便進去任何地方的，但是外面實在太冷了，而且感覺晚點會下很多雪。」

「感覺會下雪？」

一聽到雪，保全叔叔就看向了天空。但不管他怎麼看，都沒看見要下雪的跡象。他對黑喵說：

「希望像你說的一樣，能下點雪就好了。這樣凌晨就不需要再人工造雪了。」

黑喵打開窗戶，深吸了一大口外面的空氣。牠輕輕的閉上眼，抽動著鼻子，鬍鬚就像是天線一樣聚集在一起，感受著空氣的流動。不過這還沒有結束，牠甚至將腳伸出窗外，用軟軟的腳掌感受著外頭冰冷的空氣。

保全叔叔將雙手交叉在胸前，看著黑喵。不知道牠這麼做，究竟是真懂些什麼，還是只是在鬧著玩。黑喵自信滿滿的說：「別擔心，請相信我吧！一定會下很多雪的。」

保全叔叔搖了搖頭，將窗戶關上。然後坐到椅子上，用嘴巴呼呼的吹了吹，喝著他在黑喵來之前泡好的咖啡。如果待會要出去巡邏，就得先暖暖身體才行。

晚上的雪橇場也有很多事情要做。必須仔細檢查有沒有東西掉落在地面上、雪橇有沒有破洞或是損毀、圍欄是否堅固，這樣隔天才能讓遊客們安全的搭乘雪橇。

黑喵看著保全叔叔喝著咖啡，好像很美味的樣子，便問他：「可以也讓我嚐一口看看嗎？我原本是不隨便亂吃東西的，但這個味道實在是太香了。」

保全叔叔放下杯子，大笑出聲。

「噗哈哈，你該不會知道這是什麼，才說想要嚐嚐看吧？你這傢伙還真是的。」

即使他嘴上這麼說，但心裡卻思索著有沒有什麼東西能泡給黑喵喝。雖然不太情願，但總不能把這隻來避寒的貓給趕跑吧。

保全叔叔將熱水倒入最後一份即食濃湯裡，攪拌了一下。

「嗯，這個味道也好香喔。」

黑喵從行李箱裡拿出湯匙，並將畫有一隻魚的圍兜牢牢的綁在脖子上。

「你準備得還挺齊全的嘛。其他的我是不知道，但我非常欣賞你這一點。」

聽到保全叔叔這麼一說，黑喵只是聳了聳肩，彷彿在說這其實沒什麼大不了的。

黑喵小心翼翼的舀著湯喝。當香濃溫暖又滑順的濃湯順著喉嚨流入體內，原本凍僵的身體好像開始慢慢融化了。黑喵連最後一口濃湯都喝個精光。過了一會兒，保全叔叔戴上一頂附有耳罩的帽子準備出門巡邏。

沒想到黑喵滿臉睏意的提議：

如果您需要助手，請告訴我一聲。

「如果您需要助手，請告訴我一聲。我原本是不工作的啦，但我不想欠您這份人情。」

表情嚴肅的保全叔叔，臉上露出了淺淺的微笑，心想：這隻小貓憑空出現還不夠，竟然還說要當助手，不禁笑了出來。

「你有這份心意還真是了不起，但我不需要助手。這裡也沒有可以交代給貓做的事情，況且如果發生什麼意外可就糟了。所以你還是乖乖在這待著，趁明天早上沒人來之前趕快離開吧，知道嗎？」

黑喵裝作沒聽見，輕輕的蓋上被子。牠好久沒有像這樣躺在溫暖的爐火旁邊，睡意隨之襲捲而來。於是黑喵在保全叔叔出門之後，馬上就睡著了。

出來巡邏的保全叔叔站在雪橇場頂端俯瞰著整座雪橇場，想著如果今天晚上還不下雪，明天凌晨就得噴灑人造雪了。

就在這時，令人難以置信的事發生了，空中竟然開始飄起雪花。

他仰頭望向天空：「咦？真的下雪了耶。」輕輕飄落的雪花瞬間變成鵝毛大雪。保全叔叔就這麼在大雪中站著。好久沒下這麼大的雪了，他冒著雪，高興得都忘了寒冷。

接著他看向從雪片中透出的辦公室燈光，想著：「那隻貓怎麼知道會下雪呢？呵呵。」

辦公室

跳到頭頂上

下了一整晚的雪堆滿了整座雪橇場。保全叔叔一上班就滿臉欣慰的看著雪橇場。難得不用噴灑人造雪，這讓他感到十分愉快。

保全叔叔跑到販賣部買些早餐。他點了分量十足的紫菜飯捲和魚板外帶後，便前往辦公室，應該要待在暖爐旁呼呼大睡的黑喵卻不見蹤影。在那瞬間，他猛然想起自己昨天告訴過黑喵，要牠早上趁遊客來訪之前離開的話。

「是我太過分了嗎？早知道就叫牠吃過早餐再走了……」

保全叔叔開始擔心起連早餐都沒吃就離開的黑喵。不管是人類還是動物，只要肚子一餓，就會感到更加寒冷。他癱坐在椅子上嘆了一口氣，突然聽見外面傳來黑喵的聲音。保全叔叔開心的開了門。

「七、八、九、十！」

黑喵正在沒有人踩過的雪上，蓋上自己的腳印玩耍著。保全叔叔這才放下心來。

過了一會兒，黑喵進到辦公室後，就動了動鼻子。保全叔叔裝作什麼都不知道，開始讀起寫得密密麻麻的安全守則文件。即使如此，會這麼被糊弄過去，可就不是黑喵了。牠將手背在背後，在保全叔叔的周圍探頭探腦。

「這個味道感覺有點像魚，又不太像，我都被搞混了。」

保全叔叔再也忍不住，拿出藏起來的食物放到桌上。

「我看啊，你的鼻子根本和狗一樣靈敏嘛。」

「什麼和狗一樣！您怎麼可以這麼說呢？我可是一隻貨真價實的貓咪耶！」

黑喵拿起魚板串，從最頂端一點一點的啃著吃。保全叔叔也用紫菜飯捲填飽了肚子。

「我原本早上就要離開了，但看到外面積了很多雪。下雪的話，就會有很多事情要做。」

「很多事情要做？」

「對啊，像是摸雪、踏雪、捏雪球、在雪地上打滾、堆雪貓，還有……」

黑喵一口一口嚼著魚板，盡情的想著可以用雪玩的遊戲。保全叔叔原本打算要黑喵離開的念頭，也在不知不覺間像融雪般消失了。

吃完早餐後，保全叔叔穿上了外套。雪橇場就快要開門了，等遊客開始進場之後，就會忙到連喘口氣的時間都沒有。正當他要離開辦公室時，突然從無線對講機裡傳來焦急的說話聲：「這裡是活動會場，剛才送到的冰雕出了一點問題。」

保全叔叔將對講機拿到嘴邊問：「有什麼問題嗎？」

「我覺得您得先過來看一下，用說的恐怕說不清楚。」

「知道了，我馬上過去。」

保全叔叔拿著對講機衝到門外，黑喵也迅速的跟了上去。

為了讓來到雪橇場的遊客能拍下特別的紀念照，活動會場佈置得非常漂亮。原本打算配合雪橇場第一天開放的日子盛大公開展示，但為了等冰雕完成，所以稍微晚了一點。

抵達活動會場的保全叔叔一見到雕像，就扯著嗓子大喊：「這是怎麼一回事？聖誕老公公的頭都裂開了！」

活動會場的職員焦急的抓著頭，一邊小心翼翼的回答：「冰雕從卡車上搬下來的時候，不小心撞到柱子。幸好只有上面稍微裂了一些，所以戴上帽子就可以了。聖誕節要讓職員們穿上的聖誕服裝和帽子也都已經準備好了。」

職員邊說邊從箱子裡拿出聖誕帽。黑喵偷看了一下裝在箱子裡的聖誕服裝，牠想著：總有一天，若是能逮到機會，牠也想穿穿看那樣的衣服。即使如此，牠也知道現在這麼嚴重的情況下，可不能開口提出這個要求。這種程度的察言觀色黑喵還是懂的。

保全叔叔看著冰雕和聖誕帽後說：「現在也只有這個辦法了，總不能以那副模樣展示在遊客面前吧。總之先將活動會場圍起來，快去拿梯子過來。」

兩人先在會場周圍搭起臨時遮板，然後去拿梯子。

在這期間，黑喵將臉探入遮板縫隙，觀賞起雕像。聖誕老公公的表情栩栩如生，馴鹿的腿看起來就像馬上能在雪地上奔跑一樣，而禮物袋裡面彷彿真的有禮物般鼓了起來，令人難以相信這是用冰塊雕製而成的。

為了能更近距離欣賞雕像，黑喵鑽進了遮板內側。由下往上看去，雕像的高度還挺高的。

即使如此，牠還是覺得自己能一口氣爬到聖誕老公公搭乘的雪橇上。黑喵以後腿奮力蹬著地面，像是要一飛衝天的跳了起來。安全爬上雪橇的黑喵俯瞰著雕像下方的景色。

「咦，還挺有趣的嘛？」

黑喵想要利用雪橇作為踏板，往更上方爬去。感覺只要像這樣一步一步往上走，就能爬到頂端。不過正當牠再次奮力跳起的那一瞬間，後腳卻因為冰塊光滑的表面滑了一下。

喔呵！

「唉唷喂！」

黑喵在空中迅速的扭動了一下身體。幸好牠沒有受傷，安全的回到地面。

「呼，差點就出大事了。」

過了一會兒，去拿梯子的保全叔叔和職員回來了。兩人小心翼翼的將梯子搬到遮板內側，放在冰雕的附近。

一看見這座三角梯，黑喵感覺腳底有些發癢，又想要爬上去了。牠原本就很喜歡爬到高處，但像這種時候，牠可不是一隻搞不清楚狀況，硬要爬上梯子的貓。

剛才不是說過了嗎？牠還是很懂得察言觀色的。

「現在可以了。來吧，你快爬上去把帽子戴到聖誕老公公的頭上吧。」保全叔叔對職員說。

「咦？我……我嗎？」

職員似乎非常慌張，連講話都變得結結巴巴。

「我……我沒辦法爬到高處。我有懼……懼高症啊。」

聽到職員搖著手說完這些話，保全叔叔立刻瞪大了眼睛反問：

「什麼？你有懼高症？」

懼高症是一種只要人在高處，就會覺得自己好像快要掉下去，而產生恐懼感的病症。患有嚴重懼高症的人，只要稍微爬到高一點的地方，心臟就會撲通撲通的猛跳，身體也會抖個不停。

「不能由您親自爬上去嗎？我會在下面好好扶著梯子的。」職員緊緊抓著梯子說道。

保全叔叔猶豫了好一會兒後，只好尷尬的笑著說：「哈，這該怎

麼辦才好？老實說我也有那個。」

「咦？也有那個？您說的該不會是……」

保全叔叔默默的點了點頭。

職員用擔心的眼神看著他說：「啊，有誰會相信雪橇場的保全人員竟然有懼高症啊？」

聽到職員這麼一說，保全叔叔「唉——」的嘆了一口氣。

「在雪橇場裡腳通常會踩著地面嘛！所以在工作上並沒有任何問題。」接著又壓低了聲音補充說：「這是祕密喔。雖然我在這工作好幾年了，但其實我到目前為止都還沒搭過雪橇呢。呵呵，你不可以告訴別人唷。」

兩人互相看向對方，尷尬的笑了笑。保全叔叔和職員立著梯子，踩著腳不知該如何是好。

黑喵在一旁看到這副情景後，自告奮勇的說：「我來爬上去吧，貓咪原本就很擅長爬到高處。」

「黑喵？你什麼時候出現在這裡的？」

聽到保全叔叔這麼一問，黑喵晃了晃聖誕帽說：

「從一開始就在了。現在只要把這頂帽子戴到聖誕老公公的頭上就行了吧？」

「嗯，對啊。你能辦到嗎？」

黑喵仰著身體，估算起梯子和冰雕的高度。保全叔叔和職員兩人不知從什麼時候開始，竟然排排站好，恭敬的拱手看著黑喵。

「別擔心，這種高度對我來說簡直像吃鮪魚罐頭一樣容易。」

黑喵充滿自信的說著，一邊抬頭看了看梯子。

牠動動鼻子，豎起三角耳，鬍鬚也全部朝向前方。這代表牠現在非常專注在某件事情上。

「那麼我就來爬爬看吧？」

黑喵用嘴巴叼著聖誕帽，將前腳搭在梯子上。

「小心啊，小心！」保全叔叔用顫抖的聲音說。

兩人為了讓黑喵能安全的爬上去，緊緊的抓住梯子。一眨眼，黑喵就爬到梯子的頂端。

問題是要怎麼從梯子跳到雕像的頭頂上。聖誕老公公的頭比梯子高出許多，而且兩者之間的距離看起來也相當遠。黑喵趴在梯子頂端，稍微喘了口氣。接著後腿奮力一踢，一口氣拉直身體跳上去。

「嘿！」

「小心點！」

在下面一臉不安的看著這一切的保全叔叔和職員緊張得閉上眼。過了一會兒，兩人看見了坐在雕像頭頂上的黑喵。

黑喵將帽子戴在聖誕老人的頭上，但帽子的大小卻不太合適。

「怎麼辦呢？」

黑喵想了一下，便自己戴上帽子，趴在冰雕裂開的地方。黑喵和冰雕合為一體，誕生了全新的作品。

保全叔叔和職員趕緊將遮板撤離。活動會場前方早已聚集了一大群人潮，不知他們何時過來的。

「哇！你們看那裡！」

「是聖誕喵喵耶！」

人們看著從聖誕帽下方探出頭的黑喵，你一言我一語的說著。有幾個人將活動會場當作背景，拍了照並立刻上傳到社群媒體。

「請看看這些照片。」

職員將手機拿給保全叔叔看。人們上傳的照片下方，馬上就有了回應。

竟然是聖誕老人和貓咪！光用看的就覺得好幸福呀。

冰雕真的很酷耶！鏟屎官們，我們也一起去看看吧。

喵嗚！

這裡是哪裡？我馬上就出發！

看見這些留言，保全叔叔一臉欣慰的看著黑喵。

搭乘雪橇大作戰

公開冰雕的活動結束後，人們就擠向了雪橇場。保全叔叔聯絡了雕刻家，請他來修復碎掉的雕像，接著就和職員一起將梯子搬回倉庫。

當黑喵在聖誕老公公的周圍晃來晃去時，突然從某處傳來吱吱聲。

「啊，嚇我一跳！」

黑喵以為自己踩到什麼東西，趕緊將腳抬了起來。這時，又傳來了吱吱聲。

「這是什麼聲音？該不會有老鼠吧？」

黑喵環顧了四周，找到的並不是老鼠，而是對講機。原來是保全叔叔忘了帶走。

黑喵按下對講機上的幾個按鈕，對講機裡就傳來了人聲。

「雪橇場發生狀況，需要更多保全人員，請趕快來支援！」

「我現在就過去！」

黑喵對著對講機回答。牠看過保全叔叔在接聽對講機時，就是這麼做的。黑喵不僅會看人臉色，就連觀察力也很好。而且不管什麼事，牠擁有只要看過一兩次，就能照做的本領。

黑喵帶著對講機一口氣爬到了雪橇場的頂端。牠看見準備搭雪橇的遊客們在起點排隊等候著，不過只有一個地方大排長龍。仔細一看，發現有個小孩正一動也不動的坐在雪橇上。

「發生了什麼事？」

黑喵歪著頭，一臉不解的跑向保全人員。

對方似乎覺得很荒謬，便問牠：

「你一隻貓跑來這裡做什麼？難不成是要搭雪橇嗎？」

「我從對講機聽到有人叫我快點來支援，所以就跑過來了。」

保全人員嗤之以鼻的說：

「噗，所以剛才接聽對講機的是你嗎？」

「對！我的名字叫做黑喵。」

「我們現在需要的不是貓，而是保全人員。這裡很危險，可以請你到旁邊去嗎？」

保全人員絲毫不在意牠叫什麼名字，冷淡的說著。黑喵退了一步，想起稍早看到的那個孩子。

「他是不是有哪裡不舒服？還是因為害怕才會那樣呢？」

這群等待著出發信號的遊客中，有人歇斯底里的喊著：

「拜託你們趕快想辦法處理一下那個孩子吧，後面還有這麼多人在等耶！」

聽見有人這麼說，那孩子又變得更加畏縮了。附近的大人也開始你一言我一語的，想要給他一點勇氣。

「孩子，別害怕啊，出發吧，好嗎？」

「比你小的弟弟妹妹也搭得很開心啊。」

但人們越是七嘴八舌，那個孩子就越害怕。保全人員也想不出好辦法，只能不安的在一旁看著。

「也沒看見他的家長，真不知道該如何是好。」

黑喵實在看不下去，想要走到小男孩坐的地方，卻被保全人員用信號旗擋下。

「你想要做什麼？」

「我去問問他怎麼回事好了。我原本就絕對耐不住好奇的。」

黑喵擠在人群的縫隙中，走到小男孩旁邊。靠近一看，發現他的表情十分害怕，握著雪橇手把的手也哆囉哆嗦的抖個不停。

「我的名字叫做黑喵，你呢？」

小男孩慢慢轉過頭來看著黑喵，緩緩的開口回答：「道賢。」

「不過你怎麼不滑下去？是因為害怕嗎？」

道賢默默的點了點頭。

「那我陪你搭吧？」

黑喵迅速的爬上雪橇，接著將前腳搭在道賢的背上。雖然穿上了厚厚的衣服，但牠還是能感覺到道賢渾身發抖。黑喵認為不能就這麼搭雪橇，否則不小心出了什麼意外可就糟了。

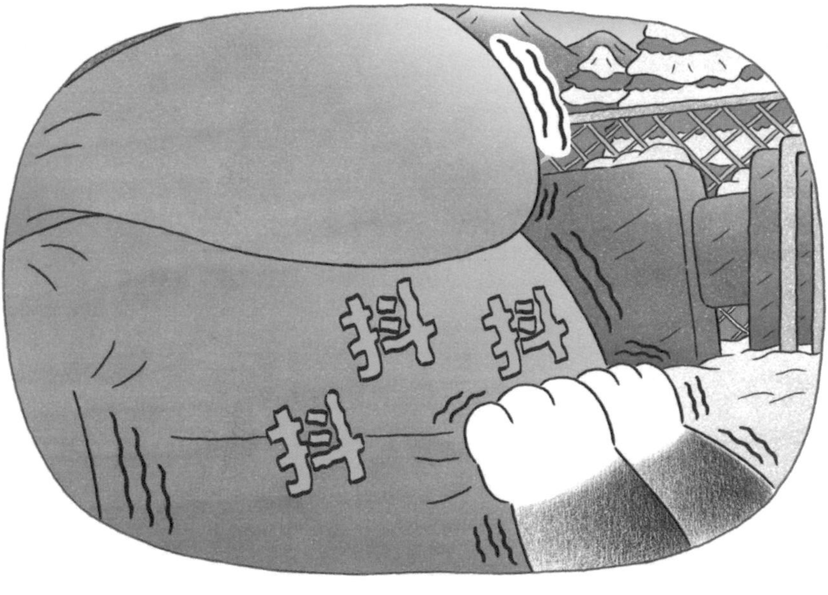

忽然，牠想到了一個好主意。

「等我一下，我馬上回來。」

黑喵跳下雪橇，一轉眼就穿越了整座雪橇場。

黑喵衝進辦公室，從行李箱裡拿出了某個東西，接著又再次穿越雪橇場，爬上了雪橇場頂端。牠的速度快到人們難以辨別剛才經過的究竟是一隻貓，還是一陣黑煙呢。

黑喵拿來的是一個用拼布做成的海豚娃娃。一個髒兮兮、到處都冒出線頭的破舊玩偶。這是牠在好久以前哄一個正在哭鬧的孩子時得到的禮物。即便是打雷的日子，只要將它握在手裡或抱著睡覺，心情就能放鬆。雖然這是黑喵非常珍惜的東西，但現在的道賢似乎比任何人都還需要它。

「這個給你，只要有這個，心情馬上就能放鬆。」

道賢將海豚娃娃握在手裡捏來捏去。

「怎麼樣？現在可以辦到了嗎？」

被黑喵這麼一問，道賢繃著臉搖了搖頭。黑喵將前腳搭在道賢的手上。

「來，跟我一起這樣做。用鼻子大大吸一口氣，憋氣，然後『呼——』的吐出來。再來一次。吸氣，憋氣，最後吐氣。」

黑喵和道賢牽著手，慢慢做著深呼吸。

正在排隊的孩子們似乎覺得這個遊戲很有趣，也跟著黑喵一起做。原本催促他趕快下去的人們，現在也默默的注視他們並等待著。

「現在出發吧？」

「嗯！」

道賢將海豚娃娃放進口袋，雙手緊緊的抓住雪橇手把。用腳咚咚的敲打著地面，接著身體向後傾斜，將雪橇向前推了出去。黑喵將頭探出雪橇，俯瞰著雪橇場下方。

「動了！咿呀，喔耶！」

離開起點的雪橇就這麼滑了下去。保全人員揮舞著信號旗大喊：「把頭抬起來！看向前面，看前面！」

一聽見叫喊聲，道賢趕緊將頭抬起來。冷冽的寒風迎面而來，讓他精神為之一振，原本蜷縮的身體也稍微的伸展開來。從中段開始，雪橇場的斜度變得越來越陡峭，雪橇滑下去的速度也跟著加快。道賢突然開始感到害怕。

「呃啊啊啊！好……好可怕。」

「別擔心，海豚娃娃會保護你的。而且還有我在你後面呀。」

黑喵以前腳用力的按著道賢的背。道賢原本僵硬的表情也漸漸變得柔和。黑喵高高的舉起前腳，大聲吶喊：

「啊喔喔喔！喔耶！」

道賢也不知不覺的跟著挺起胸膛，用力大叫：

「呀呼嗚嗚嗚！」

黑喵馬上就被生平第一次搭的雪橇給迷住了。雖然牠很喜歡雪落在身上的感覺，也喜歡踏雪，但搭著雪橇在雪上奔馳的體驗真是太棒了。

咦？不過或許是黑喵太興奮，身體一直亂動，以致於他們突然失去重心，雪橇開始搖晃了起來。

「喵嗚！」

當黑喵差點被甩出雪橇的那一瞬間，道賢敏捷的抓住了牠的腳。黑喵迅速的抓好重心後重新坐回雪橇上。

直到道賢和黑喵搭乘的雪橇平安抵達終點，在雪橇場頂端看著的保全人員才放下心來。

從雪橇上下來的道賢一面將身上的雪拍落，一面說：「真的很謝謝你陪我一起搭雪橇。剛才大家一直叫我快點滑下去，讓我真的很害怕。我還以為自己的身體會像冰塊一樣結凍呢。」

「我也要謝謝你。要不是有你在，我早就被甩到雪橇外面，在雪橇場裡滾來滾去了。不過你是自己一個人來的嗎？」

「不是，我和叔叔一起來的。我們剛才還一起排隊，叔叔卻突然肚子痛了起來。他說他去一下廁所馬上回來，沒想到很快就輪到我了，所以我就糊里糊塗的一個人坐上了雪橇。」

道賢從口袋裡掏出了海豚娃娃還給黑喵，繼續接著說：「我個子很高，膽子卻很小。同學們每次都笑我是膽小鬼。只要我一個人待在像剛才一樣人多的地方，就會緊張得喘不過氣。」

黑喵摸著海豚娃娃說：「並不是個子高，膽子就會跟著變大呀。而且，你剛才順利的從雪橇場頂端滑下來，就再也不是膽小鬼啦。」

聽見黑喵這麼說，道賢握緊了拳頭。

「沒錯！我現在也能自己一個人搭雪橇了。如果看見像我一樣害怕的孩子，我應該也敢陪他一起搭。」

黑喵突然想到了一個好主意。

「你要不要確認一下自己是否真的做得到？」

「該怎麼確認？」

「跟我來。」

黑喵帶著道賢爬到雪橇場上方，向保全人員借了對講機，接著按下對講機的按鈕後說道：「保全叔叔，我是黑喵。現在需要您緊急上來雪橇搭乘處一趟。快點喔，快點！」

「知道了，我馬上過去。」

過了一會兒，保全叔叔氣喘吁吁的跑了過來。

「呼呼，到底是什麼事啊？」

黑喵爬到他的肩上，在他耳邊小聲的說：「別錯過這個機會了，就是現在。」

「嗯？什麼就是現在？」

「現在就是你搭雪橇的絕佳機會。只要和那個小男孩一起搭雪橇，就一點都不可怕了。」

「你要我和一個小孩一起搭雪橇？不……不用了，沒關係。而且

我現在很忙。」

保全叔叔覺得既丟臉又害怕，正打算直接走掉。但在不知不覺間，一群孩子早已在他身後排起了長長的隊伍。他只好硬著頭皮走向前，在一旁看著的黑喵將海豚娃娃遞給他。

「這個借你，嘿嘿。」

保全叔叔糊里糊塗的收下玩偶，放進了口袋，然後強顏歡笑的坐在道賢背後。道賢馬上就做好了出發的準備——他抓住雪橇的手把，接著大大吸一口氣，憋氣，最後再「呼——」的吐出來。

道賢看見保全叔叔緊閉著雙眼，對他說：「叔叔，不要擔心。

只要和我一起搭，就不會那麼可怕了。請你相信我。」

看見坐在出發點的遊客全都準備好了，保全人員高舉旗子。

「三、二、一，出發！」

離開起點的雪橇一下子就滑下雪橇場，道賢也配合信號用力的跺腳。

接下來不用多加說明，你們也知道發生什麼事了吧？

兩個人搭乘的雪橇是多麼帥氣的從雪橇場滑下來，還有他們滑得有多開心啊！

加油！
啊~~

午夜的奔跑

雪橇場的夜幕降臨。

保全叔叔稍早在辦公室裡休息了一會兒，就出去巡邏了。黑喵早已在暖爐邊鋪好被子，準備睡覺。

仔細想想，牠從一早就開始四處奔波，連午覺都沒睡呢。再加上牠剛剛又吃了三個鯛魚燒，肚子飽飽的，所以睡意馬上就來襲了。

那些鯛魚燒是道賢的叔叔為了向黑喵道謝而請牠吃的。

當黑喵正在「呼嚕嚕呼嚕嚕」的大睡特睡時，某處傳來了小小的嘀咕聲。沉沉入睡的黑喵，一聽見那個聲音，也立刻睜開了眼睛。因為那不是人類的聲音，而是貓咪們的交談聲。黑喵一想到可以見到同類的貓朋友，就激動的衝了出去。

走了一會兒，牠在黑漆漆的草叢裡看見四顆圓圓的光點。黑喵馬

上就知道那是從貓咪們眼裡發出的光芒。

仔細一看，草叢裡有兩隻貓排排坐在一塊兒。其中一隻背上有著斑駁的花紋，另一隻的毛色則是像起司一樣黃澄澄的。牠們都沒有發現黑喵接近，自顧自的說著話。

「真希望春天快點來臨，冬天實在太冷了。」

「沒錯！我真的很討厭寒冷！」

用後腳搔著頸部的花貓發現了黑喵。牠先是睜大雙眼目不轉睛的盯著黑喵，然後眨了眨眼，確認自己沒看錯，才張大了嘴喊著：

「呃啊啊啊！是貓！」

聽見花貓大叫的起司貓也被嚇得豎起了毛髮，發出尖銳的叫聲：「啊啊啊！有……有貓！」

黑喵一臉開朗的走向牠們。這種時候，哪怕是只要後退一步，就會永遠失去搭話的機會。

「哈囉，你們住這裡嗎？」

黑喵用只有貓咪才聽得懂的貓語向牠們打了招呼。

「對啊，我們原本就在這裡了。」

「我們從來沒有離開過這個地方。」

貓咪們仍舊充滿戒心的回答。牠們一臉不悅，口氣中也帶著滿滿的煩躁。

黑喵停下腳步看著牠們，微微一笑。

「原來如此。我是流浪貓黑喵。」

因為黑喵沒有繼續接近，牠們看似放鬆了不少。黑喵趴在地上細細打量這兩個傢伙的臉。牠們的鼻子旁邊像是沾到了什麼東西，有著黑色的斑點，感覺還挺可愛的。總之，牠們看起來都不像壞貓。

的確，這世上沒有壞貓，雖然有不親切的貓就是了。黑喵看著貓咪們的表情軟化下來，慢慢的站了起來。

「要不要跟我一起來？去那裡玩感覺很有趣。」

黑喵朝著雪橇場邊走邊說。

「那裡有什麼？」花貓問牠。

「去看看就知道啦。不想去就算了。」

貓咪們沒有輕率的移動腳步，反而站在原地盯著黑喵。誰叫貓咪原本就是很小心謹慎的動物嘛。

牠們看著對方，迅速的動了一下腦筋，接著緩緩跟在黑喵身後。

其實牠們也一直很好奇這座寬廣的雪橇場裡是什麼樣子。

黑喵先將這兩隻貓帶到辦公室。牠們躺在暖爐旁邊，將身體翻了過來，四腳朝天。接著又伸直雙腿，隨意扭動著身體打滾，完全不見剛剛那副充滿戒心的樣子。

「啊，好溫暖喔。」

「看來這裡的春天已經來臨了。」

貓咪們一開口動不動就提起春天。因為對怕冷的貓來說，冬天是個很難撐過的季節。

即使如此，也不能整個冬天什麼事都不做的等待春天到來啊。

黑喵希望可以讓這些貓咪開心的度過冬天，於是正看著窗外雪橇場的牠說了：「跟我來。」

花貓和起司貓不耐煩的發問：「又要去哪裡？」

「我們不能就在這裡待著嗎？」

「不想去就算了。」

兩隻貓這次又無可奈何的跟著黑喵走了。

黑喵帶著牠們爬上雪橇場的頂端。白天牠和道賢一起滑雪橇時，真的超級好玩，所以這次牠也想要讓這兩位貓朋友搭搭看雪橇。

但是雪橇都不見了。雪橇場關門後，保全人員就會將雪橇整齊的疊好，再用繩子牢牢的綑綁起來。要是有人在夜裡偷偷闖進雪橇場，因為滑雪橇而受傷可就不好了。

「怎麼辦？總不能直接從雪橇場頂端滾下去吧……」

專注著想辦法的黑喵聞到了熟悉的味道，於是牠動了動鼻子，轉頭一看，發現雪橇場圍欄外堆滿了被店家丟掉的紙箱。

黑喵一眨眼就跳過了圍欄，接著找到了可以裝得下牠們三隻貓的紙箱和一個乾淨的塑膠袋。牠將塑膠袋綁在紙箱的小孔上做成手把後，將紙箱丟到圍欄的另一端。

「現在一起下去吧。我坐前面，你們兩個就坐後面吧。」

黑喵率先鑽進箱子裡坐下。花貓和起司貓都覺得實在太過荒唐，相當不滿的追問著黑喵：「你說什麼？既然都要下去了，那剛剛為什麼還要爬上來？」

「你是把我們當狗使喚嗎？天氣這麼冷，要走個路都很辛苦了，這算什麼啊！」

黑喵只要一開口，牠們兩個就抱怨個不停。

「只要搭著這個滑下去，你們就會忘掉所有的辛苦和寒冷。相信我吧。」

兩隻貓皺著眉頭半信半疑的鑽進箱子裡。花貓盯著黑喵黑漆漆的後腦勺，像是想起什麼，突然轉頭對起司貓說：「不過你剛才說什麼狗啊？我們是貓，又不是狗！」

「啊，抱歉。我太激動了嘛。」

確認好貓咪們都安全的搭上雪橇後，黑喵突然舉起前腳大喊：

「三、二、一，出發！」

花貓和起司貓緊緊閉上眼睛，趴在雪橇上。

「喔呵呵！我們要滑下去了！」黑喵興奮的大喊。

花貓小心翼翼的抬起頭，突然激動的叫了起來：「啊喔喔喔！好快，好刺激啊！好像要飛起來了！」

悄悄起身的起司貓也跟著花貓一起小聲的叫喊著：「啊喔喔喔！呀呼！這是我第一次搭雪橇耶！」

爽快滑下雪橇場的紙箱雪橇在終點線上停了下來。

起司貓發問：「這麼好玩，為什麼要停下來？」

啊喔喔喔！

「這裡是終點。如果還想要搭，再爬到那上面就可以了。」

於是貓咪們爭先恐後的爬上了雪橇場的頂端。

兩隻貓一開始還叨念個不停，但到了第二、三次之後，只要一搭著雪橇滑下來，牠們就立刻一溜煙的往上衝，因為牠們還想快點再搭一次。

黑喵和兩隻貓在那之後又搭了七次雪橇。其實牠們三個裡面，最興奮的就是黑喵了，因為牠已經好久沒有像這樣和貓朋友們玩在一起了。

「現在過去那邊吧。」

黑喵氣喘吁吁的對坐在地上的貓咪們說。牠們倆這次竟然廢話不多說的就跟著黑喵走了。

黑喵去的第三個地方是冰屋咖啡店——這是一間用冰磚堆砌成圓頂冰屋造型的咖啡店，白天會賣給人類一些溫熱的飲料和零食，但現在卻連個人影都沒有。

一走進咖啡店，貓咪們就立刻發出「喵嗚！」的讚嘆。門口很窄，但裡面卻很寬敞，而且甚至溫暖得令牠們難以相信這裡是用冰塊蓋出來的。

「一走進這裡，就一點都不冷了。」

「感覺像是找到了量身打造的房子一樣。」

夜越來越深，外面的寒風也變得更加刺骨，偶爾還下起了雪。貓咪們卻絲毫不擔心，因為至少牠們三個現在一起待在這間冰屋咖啡店裡面。黑喵認為自己將朋友們帶到雪橇場玩真是太有趣了。不過牠可能太累了，眼皮總是不自覺的闔上。花貓看見牠這副模樣，便說：「我們去外面吧，接下來換我帶你去看我們玩耍的地方。」

黑喵張大嘴打了一個哈欠。

「哈～姆。那在哪裡啊？」

花貓和起司貓異口同聲的說：「跟過來就知道啦。如果不想去就算了！」

貓咪們帶著黑喵來到牠們原本待的草叢裡。

兩隻貓在厚厚的積雪上留下清晰的腳印，輕快的走著。走了一會兒，牠們轉過身來，趴在地上發出：「喵嗚！喵嗚！」的聲音。

兩隻貓叫了幾聲，互相交換著信號。接著花貓突然跳了起來，起司貓也跟著花貓開始奔跑。

牠們拚命的跑，跑到一半又突然停下來，接著又繼續奮力的跑來跑去。

黑喵也在不知不覺中和朋友們玩在一起。貓咪們就像是盯著獵物似的用眼神緊追對方。如果這時有誰迅速的跑了起來，其他貓咪就會跟著一起拚命奔跑。

反覆跑跑停停的午夜奔跑遊戲，就這麼一直持續到了凌晨。

痛快的玩了一場之後，花貓問黑喵：「你說你是流浪貓對吧？

那你接下來要去哪裡？」

黑喵回答：「還不知道。我原本就不會事先計畫好之後要去哪裡。而且流浪貓去哪裡都可以。」

兩隻貓用不想知道更多細節的表情看著黑喵，接著便消失在草叢裡。

黑喵回到辦公室後，剛躺到暖爐旁邊，就立刻沉沉睡去。不知牠是否在夢裡跑來跑去，就連睡覺時也不停的擺動著雙腳呢。

第二天，保全叔叔來上班時，黑喵還在呼呼大睡。他一邊喝著咖啡，一邊確認昨晚監視器拍攝的畫面。

當他看見了公園的畫面時，嚇了一跳。

「等等，這是什麼時候拍的？」

看著黑喵和其他貓咪跑跳玩耍的樣子，保全叔叔的臉上露出了微笑。

03:20:01
CCTV 公園

我是貓咪保全黑喵

一大早辦公室就吵吵鬧鬧的，原來是職員們正在開會，一一檢討前一天有無意外、遊客投訴事項是否獲得妥善處理等。

保全叔叔告訴職員們：「安全比起一切都重要。在維護遊客們的安全時，各位職員也請時時刻刻小心，不要有人受傷了。」

「好的。」

會議正要結束時，有一位職員突然舉起手。

橡實雪橇場
顧客投訴事項
橡實
雪橇場
安全第一
呼嚕嚕
呼嚕嚕

「您看過這個了嗎？昨天有很多人將來我們雪橇場玩的照片上傳到社群媒體，大家在照片底下熱烈討論，尤其是活動會場的貓咪照片更是人氣滿分耶。」

一聽到貓咪這兩個字，原本正在睡覺的黑喵動了一下耳朵。

另一名職員繼續補充：「甚至還有人留言說想在聖誕節時看見穿著聖誕裝的貓咪。還說這樣他們一定會為了看貓再來的。」

這次黑喵的嘴角抽動了一下。

聽見職員們這麼說，保全叔叔看著貼在牆上的雪橇場地圖，接著用手指著雪橇場和公園之間的位置說：「我想了一下。我們在這裡蓋一座玩雪區怎麼樣呢？這座玩雪區是個可以讓孩子們帶著自己想要搭的雪橇過來自由玩耍的空間。也可以在這裡玩各種雪中遊戲，像是打雪仗或堆雪人。」

活動會場的職員看了一下保全叔叔後回答：「這樣那些因為膽小而不敢搭雪橇的大人或老人，還有那些身體不適的人們也能度過愉快的冬日時光了。」

保全叔叔乾咳了一下，冷靜的答道：「沒錯。這個玩雪區不但不會收取額外的入場費，還會將圍欄蓋得很低，好讓所有的孩子、長輩，甚至是小動物都能方便出入。」

他之所以會有這種想法，是因為在監視畫面裡看見黑喵和其他貓咪一起玩了一整晚的樣子。保全叔叔看見牠們滑紙箱雪橇、在公園裡盡情跑跳玩耍的場景，心想要是有個地方讓孩子們也能這樣玩樂就好了。

「不過應該要有保全人員駐守吧？」

其中一名雪橇場的保全人員問道。

「那當然囉。所以呢……」

保全叔叔暫停了一下，看了看黑喵。黑喵彷彿正等著這個瞬間，迅速站了起來。

其實牠從剛才就一直醒著，還專心聽著他們開會的內容呢！只是擔心會妨礙會議，所以才裝睡的。

保全叔叔問黑喵：「你剛到這裡的那天，問過我需不需要助手對吧？你可以幫忙擔任玩雪區的保全嗎？這樣才能確保孩子們可以安全無虞的玩耍，偶爾也能邀請其他的貓咪一起玩。」

黑喵苦惱了一會兒後，點了點頭。

「好啊。雖然我原本是不工作的啦，但要在雪橇場過冬感覺也不錯。因為冬天就是該愉快的度過嘛。」

保全叔叔將事先準備好的保全人員名牌掛到黑喵的脖子上，再交給牠一臺小小的對講機。會議結束後，保全叔叔和其他職員全都離開了辦公室。

黑喵拿著對講機走到預計要蓋玩雪區的地點。那裡寬廣又遼闊，真的是很不錯的地方，但目前什麼東西都沒有，所以看起來有點冷清，就像站在一片空蕩蕩的操場上。

「嗯，首先要把這座玩雪區裝飾得漂亮一點。」

黑喵將一小顆雪球放在地面上滾動。牠想要做出一座像活動會場的冰雕一樣帥氣的雪雕。

當黑喵認真的滾著雪球時，有位正在排隊等待購買入場券的小孩向牠揮了揮手。

「黑喵，你在那裡幹嘛？」

原來是道賢又跑來雪橇場玩，他興奮的和幾位一起來玩的朋友衝向玩雪區。

「你在做什麼啊？」

「我正在準備將這裡打造成一座玩雪區啊。」

「玩雪區？聽起來真有趣。大家，我們今天就在這裡玩吧？」

聽到道賢這麼說，朋友們也紛紛叫好。

從那一刻起，神奇的事情發生了。自從孩子們出現之後，原本空蕩蕩的場地，馬上就成了一座玩雪區。孩子們不需要其他人指使，就自己找到了有趣的遊戲項目。

有個孩子兩三下就堆出了和他身形一樣大的雪人，另一個孩子用像夾子一樣的模具，做出一堆小巧可愛的雪鴨。黑喵則是用盡全力滾動雪球，完成了一隻雪貓。

你問我那隻雪貓是拿誰當範本？當然是黑喵呀。

黑喵把和自己長得一模一樣的雪貓放在玩雪區的入口，並將那裡指定為拍攝紀念照的地方。孩子們一邊忙著和雪貓拍照一邊玩耍。過了一會兒，有一群孩子撿來紙箱，開始玩起了雪橇。有些孩子綁上手把，也有些孩子隨便折一折紙箱就坐上去了。有個和爺爺一起來的孩子，在大大的塑膠袋裡裝滿樹枝和樹葉，做成雪橇。他搭著雪橇每經過一個地方，都會落下樹葉。這時，又有另一個孩子緊追在他的身後，撿起那些掉落的樹葉。在這個玩雪區裡，所有的事物都能變成遊戲。

喀擦！
喀擦！
喀擦！

在售票處看到這副景象的保全叔叔，替這座玩雪區想到了一個合適的好名字。白天孩子和大人們在這裡盡情的玩耍，晚上則變成住在公園裡的流浪貓午夜跑跳玩樂的地方——也就是「大家一起玩的同樂區」。

他想要快點告訴黑喵這個名字，於是用對講機呼叫黑喵。

黑喵熟練的接起對講機，然後這麼回答：

「我是貓咪保全黑喵。」

冬天就是要和黑喵愉快度過

大家好，我是在橡實雪橇場工作的保全叔叔。今天我要替黑喵轉達一些話。

我冬天會在雪橇場，夏天會到室外游泳池工作。春天和秋天則會前往那些舉辦慶典的地方。

因為在人多的地方，隨時都必須注意安全。很多人一想到玩樂就興奮不已，而忘記了安全守則。這樣可是會發生重大意外的。

但也不是要各位乖乖的待在家裡。就像黑喵說的一樣，冬天可以玩的遊戲可多了。可以將雪捏成雪球來一場刺激的雪仗，也可以和幾個朋友一起滾動大雪球做成雪人，在雪中走路也很棒。這些全都是在下雪的冬天才能做到的事情。

「大家一起玩的同樂區」原本是要用來當作停車場的。但我見到黑喵和貓咪朋友一起玩樂的模樣，就想可以將這處打造成誰都能來玩的地方。黑喵不是說了嗎？冬天就得愉快的度過呀。不管是人類或貓咪都一樣。

各位也不要因為怕冷而縮在家裡，一起開開心心的度過冬天吧。

尤其是不要錯過下雪的日子，因為白雪可是冬天帶來的禮物啊。

啊，我的對講機響了。現在我得趕快去看看了。那麼我們就在雪橇場見囉。

黑喵代言人　雪橇場的保全叔叔

我們下次見！
安全守則
營

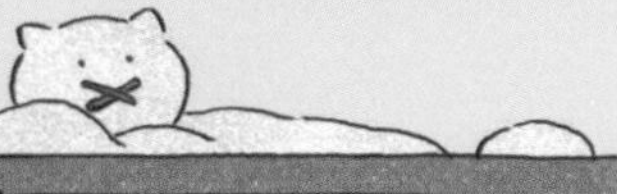

我的安全守則

小朋友們，看到黑喵滑雪橇過癮的樣子，是不是也讓你蠢蠢欲動了呢？不論從事什麼活動，安全都是最重要的唷！請和大家分享平時你最喜歡的活動是什麼？這項活動有哪些需要注意的安全守則呢？

◆ 我喜歡＿＿＿＿＿＿＿＿

◆ 從事這項活動時，我會注意以下的安全守則：

沿著虛線剪下，就可以當成信紙，將溫暖的心意傳遞給他人喔。

To:

From:

沿著虛線剪下，就可以當成信紙，將溫暖的心意傳遞給他人喔。

To:

From:

國家圖書館出版品預行編目資料

問題終結者黑喵4：在雪橇場奔跑吧！／洪旼靜文字；金哉希繪圖；賴毓棻譯.——初版一刷.——臺北市：弘雅三民，2023
面；　公分.——（小書芽）
譯自：고양이 해결사 깜냥 4: 눈썰매장을 씽씽 달려라!
ISBN 978-626-307-802-4（平裝）

862.596　　111017367

小書芽

問題終結者黑喵 4：在雪橇場奔跑吧！

文　　字｜洪旼靜
繪　　圖｜金哉希
譯　　者｜賴毓棻
責任編輯｜黃怡婷
美術編輯｜楊舒琪

發 行 人｜劉仲傑
出 版 者｜弘雅三民圖書股份有限公司
地　　址｜臺北市復興北路 386 號 (復北門市)
臺北市重慶南路一段 61 號 (重南門市)
電　　話｜(02)25006600
網　　址｜三民網路書店 https://www.sanmin.com.tw

出版日期｜初版一刷 2023 年 1 月
書籍編號｜H859720
I S B N｜978-626-307-802-4

고양이 해결사 깜냥 4: 눈썰매장을 씽씽 달려라 !

弘雅三民圖書